Anette Feigs
Sehnsucht nach Licht

Anette Feigs

Sehnsucht nach Licht

Gedichte
Meditationen
Gebete

Verlag Butzon & Bercker Kevelaer

Gewidmet allen meinen Wegbegleitern

Bildnachweis
Umschlagbild: Gottfried Straßburger
Fotos Seite 9, 41, 49, 53, 55, 67, 73, 91, 99, 111:
Dorothé Straßburger
Fotos Seite 23, 35, 63, 83, 115: Christian Feigs

Die Deutsche Bibliothek – CIP-Einheitsaufnahme

Ein Titeldatensatz für diese Publikation ist bei
Der Deutschen Bibliothek erhältlich.

verlags
gruppe
engagement

ISBN 3-7666-0402-3

Umschlaggestaltung: Elisabeth von der Heiden (unter
Verwendung eines Bildes von Gottfried Straßburger)
Satz: Kontext – Satz & Layout, Lemsel
Druck und Bindung: Koninklijke Wöhrmann B. V.,
Zutphen (NL)

Vorwort

Der Titel „Sehnsucht nach Licht“ suggeriert die Realität von „Dunkelheit“. Die Religionen der Menschheit haben die Dunkelheiten des Menschen und der Welt auf vielfache Weise beschrieben: als Zustand der „Erbsünde“ und „Unerlöstheit“; als vielfaches Leiden; als mangelnde Unterwerfung des Menschen unter den Willen Gottes …

Existentiell erlebt und erfahren, trägt das Wort Dunkelheit viele Namen: Krankheit; Hunger; Elend; Unfreiheit; Lebenskatastrophen; Versklavung; Gängelung durch Mächtige und „öffentliche Meinung“; Formen der Selbstentfremdung, des Nicht-Zurechtkommens mit sich selbst, des zerbrochenen Verhältnisses zur eigenen Lebensbiographie und zu anderen, daher Verzweiflung, Depressionen …

Anette Feigs sind alle diese brennenden, den Menschen quälenden Existenzweisen vertraut. Sie greift sie auf, ohne sie zu definieren, ohne sie in ihren tiefen Wurzeln erfassen zu wollen. Denn jeder Mensch lebt sein eigenes Leben; jeder muss bei sich selbst zulassen, was das Leben aus ihm macht, was er aus dem Leben macht; jeder muss seinen eigenen Weg finden; jeder ist einsam und allein, wenn es um persönliche Herausforderungen und die letzten Dinge des Lebens geht.

Angesichts der vielen zur Verzweiflung führenden Irrwege leuchten aber auch immer wieder Lichter der Hoffnung. Es wächst die Sehnsucht nach dem Licht. Die Verfasserin deutet sie in wenigen Worten an. Sie beschreibt sie als „Hilferufe“, „Wegmarkierungen“, „Aussichtspunkte“, „Ziel“. Auch an diese Themen tastet sie sich heran: mit wenigen prägnanten Worten, Ausblicken, Hinweisen. Man könnte sie als „Hoffnungsversuche“ bezeichnen. So, als müssten die Leserin und der Betrachter nun selbst ihre Reise

antreten, die Sehnsucht nach dem Licht gerade in Zeiten der Dunkelheit in sich selbst entdecken, um so die Melodie ihrer Einmaligkeit spielen zu lernen. Im Sinne des großen Theologen des Mittelalters, Bernhard von Clairvaux, laufen die Gedichte und Gebete auf die Aussage hinaus: Du findest mehr im Leben als in den Büchern. Die Bäume, die Sterne, deine Erwartungen und Enttäuschungen, deine Grenzerfahrungen und deine Sprünge über den eigenen Schatten werden dich Dinge lehren, die dir kein Mensch zu sagen vermag.
Die hier vorliegenden Texte, die dem Leben abgerungenen Gebete und Gedichte lassen nicht den Verdacht aufkommen, als begnüge sich die Verfasserin mit den vielen Erfahrungen von Dunkelheit, um sie mit vielfältigen Schattierungen von Licht zu beantworten. Alles Licht ist immer nur persönlich erahntes Licht. Es ist immer nur ein Schimmer, ein Abglanz, ein Hoffnungsstrahl – Hinweis auf das große Licht, dem entgegenzugehen dem Menschen aufgegeben ist. In den Dunkelheiten des Lebens hat es schon zu scheinen begonnen. In allen Dunkelheiten findet sich der Mensch umgeben von einer Vielzahl von Sternen, die auf den Wegen des Lebens voran leuchten: mal schwach und unscheinbar, mal unübersehbar wie der Morgenstern. Bisweilen machen die Sterne das Gehen nicht leichter, aber hoffnungsvoller; bisweilen schenken sie Mut und Zuversicht zu sicherem Voranschreiten. Bei allem bleibt die Erfahrung: Versäumen darf man die Sterne im Leben nicht. Das Übersehen eines einzigen Sternes könnte dazu führen, dass Weg und Richtung verloren gehen.
Der hier vorliegende schöne Gedichtband lässt sich mit einem Bild beschreiben. Da hängen die grau-schwarzen Wolkenmassen des Firmamentes schwer über der Erde. Es tauchen Sterne darin auf. Wie könnten sie leuchten ohne das eine große Licht, welches die Quelle von allem ist. Dieses Licht bleibt ein großes Geheimnis, dem der Mensch entgegengeht. Man darf ihm nicht vorgreifen, solange das Ziel nicht erreicht ist. Dem Menschen ist es

stattdessen aufgegeben, die Hoffnung und die Sehnsucht zu lernen – und den Mut nicht zu verlieren. Das Universum ist nicht einfach der große unendliche Raum anonymer Mächte und Gewalten. Da ist Einer, der auf dich wartet, der jede menschliche Sehnsucht, jeden Funken und jeden Lichtstrahl in ein überflutendes Licht zu verwandeln vermag.
Die Autorin drückt es in „Aufbruchserfahrung“ kurz und prägnant aus: „Einmal werden wir alle aufbrechen und Ihn erfahren und im Licht Seiner Liebe leben.“ – Dieses „Einmal werden wir“ durchzieht den ganzen Band. Um „Seinetwillen“ allein lohnt es sich, die Sehnsucht wach zu halten.

Boppard, im März 2001

Prof. Dr. Fritz Köster SAC

Irrwege

Der Rosengarten

Niemals werden wir
den köstlichen Duft der Blumen erfahren,
die bezaubernde Schönheit der Rosen sehen,
das Wunder ihrer üppigen Blüte erleben,
wenn wir den Rosengarten nicht betreten,
wenn wir uns nicht auf den Weg machen
trotz der Dornen.

Niemals werden wir
die Fülle des Lebens erahnen,
den Reichtum der Liebe erspüren,
Sein L i c h t empfinden
trotz aller Dunkelheiten,
wenn wir nicht selber lieben

– wie ER –

Talente

Wenn wir unsere Fähigkeiten
tief in uns selbst vergraben,
wird es finster um uns,
sehen wir keinen Lichtfunken mehr,
erscheint die Welt trostlos.

Die unermüdliche Bereitschaft,
mit unseren Talenten zu arbeiten,
schafft Zutrauen zu uns selbst,
Verbindung zum Nächsten,
lebendige Begegnung.

Ein freundliches Lächeln,
eine ausgestreckte Hand,
ein lebendiges Wort
bauen Brücken und
erhellen die Welt.

Wir werden reich
und ahnen

Seine Gegenwart.

Im Sog

Mitgerissen vom Strudel
der Menge
der Zahlen
der Berechnungen
verlieren wir leicht die Orientierung
die Zielrichtung auf das Wesentliche

DU, Herr,
führst uns
zum Du
im Mitmenschen

„Gott allein genügt!"
(Teresa von Avila)

Orientierungslosigkeit

Wenn beklemmende Trübsal
wie dichte Nebelschwaden
sich über unseren Weg legt,
verwischen die Leitplanken,
verschwimmt unser Ziel.

Wenn zorniger Ärger
wie ein heftiger Orkan
die Wegbegrenzung abreißt,
verlieren wir die Richtung,
entschwindet unser Ziel.

Wenn Güte und Liebe
wie erhellende Lichtstrahlen
die Straße beleuchten,
finden wir voll Freude
den Weg, Herr,

zu DIR

Hiob-Freunde

Den Geschlagenen
erschlagen sie
– gutmeinend –
– ahnungslos –
– zweifels-frei –
mit guten Ratschlägen
und Schuldzuweisungen

Gefragt ist
begleitende
Behutsamkeit

„Wenn wir untreu sind,
bleibt er doch treu,
denn er kann sich selbst
nicht verleugnen."
(2 Tim 2,13)

Sonnenfinsternis

Wenn wir Sein Licht verdunkeln
durch neiderfüllte Blicke
durch üble Verleumdungen
durch rohe Gewalt
wird die Welt finster

Und doch

erstrahlt immer wieder Helligkeit
durch die warme Anteilnahme am Nächsten
durch die bereite Zuwendung zum Hilfsbedürftigen
durch die vielen selbstlosen Taten der Liebe

Seine S o n n e ist stärker
als alle Finsternis

Wachstum

Du gebrauchst mich
ich gebrauche dich
wir gebrauchen uns
Zweckdenken prägt uns
Funktionärstum herrscht
Feindseligkeit breitet sich aus

Du brauchst mich
ich brauche dich
wir brauchen einander
Verbindung entsteht
Verständnis wächst
Sinn wird spürbar

„Selig, die arm sind vor Gott, denn
ihnen gehört das Himmelreich."
(Mt 5,3)

Umwege

Durch das Kraft-strotzende
chlorophyllgrüne Laubwerk
des dichten Waldes
dringt nur selten
ein Lichtstrahl
in die Tiefe

Die Macht-ausübende
prunkvolle Darstellung
der Glorien-Kirche
zeigt nur selten
das Angesicht

Seiner L i e b e

(23. 8. 2000, Fest der hl. Rosa von Lima)

Die rote Karte

(nach einer Morgenandacht
von Werner Thissen)

Herr,
Denkverbote
hindern uns
am Weg zu
Dir

Herr,
Enge
versperrt uns
den Zugang zu
Dir

Herr,
menschlicher Absolutheitsanspruch
lässt keinen Raum für
Dich

Herr,
menschlicher Größenwahn
sündigt gegen
Dich

Dein Geist zeigt

Ermutigung
Freiheit
Weite
LIEBE

LEBEN in Fülle

Kreuzigung

Finstere Blicke verdunkeln die Welt
– kreuzige Ihn –
scharfe Worte zerschneiden die Luft
– kreuzige Ihn –
bösartige Beschimpfungen verletzen das Herz
– kreuzige Ihn –
geballte Fäuste drohen mit Gewalt
– kreuzige Ihn –
gierige Hände reißen den Besitz an sich
– kreuzige Ihn –
fanatischer Hass erstickt das Leben

Und doch

ER ist auferstanden!

ER steht immer wieder auf
In jedem von uns!

„Du sollst dir kein Bildnis machen."
(Ex 20,4)

E(R)GO

Wie leicht pressen wir Ihn
in unsere eigene Feier
gemütlich
gesellig
perfekt
überschaubar

Wie leicht
zwängen wir Ihn
in unsere eigene Gestalt
in unsere eigene Endlichkeit

ER

braucht Raum
braucht Stille
damit wir Sein Wort
hören

Gestärkt mit
Seinem Wort
begegnen wir
unserem Nächsten
sicher und
frei

„Wozu diese Verschwendung?“
(Mt 26,8)

Berechnung

Erdrückt
durch zahllose Vorschriften
durch kleinliche Überprüfung
durch drohende Strafregister
verengt sich der Glaube

Eingesperrt
in eine perfekte Kosten-Nutzen-Analyse
in das starre Gefäß des Habens
in die eitle Selbstgefälligkeit
verkümmert die Hoffnung

Ausgegossen
mit verschwenderischer Fülle
mit überströmender Herzlichkeit
mit bewegender Offenheit
wächst die Liebe

Vertrauen wir

SEINER G R Ö S S E

Der Computer

Auf Knopfdruck bereit

regelmäßig
zuverlässig
exakt
perfekt

Abweichungen
nicht vorgesehen
Sonderleistungen
nur auf Eingabe

kein Platz für Umwege
kein Platz für Abweichungen
kein Platz für Freiheit
kein Platz für IHN

ER lässt sich finden
in der Suche nach
dem Du
in der Suche nach

LEBEN

Computer-Arbeit

Knopfdruck

delegiert
kontrolliert
registriert
speichert
bereichert
in Hülle
und Fülle
das Internet

Abweichungen
verursachen
Maschinen-Schaden

LEBEN

ist mehr

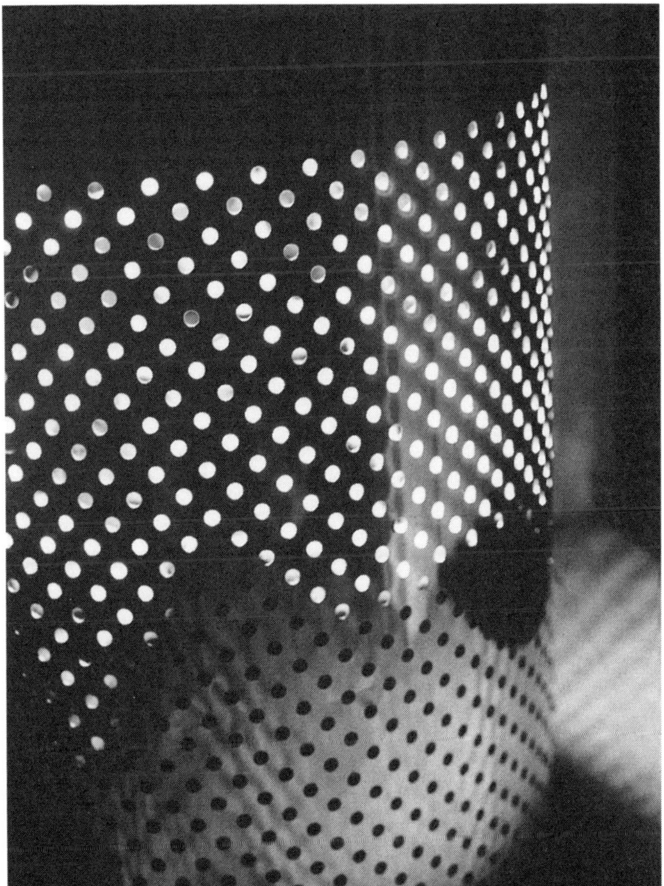

Kopien

Wortkopien
Textkopien
Fotokopien

Fließband-Produkte
Massen-Erzeugnisse
Austausch-Ware

Der Mensch
– Sein Bild –
ist einmalig

Für IHN gibt es
keine Wegwerf-Menschen

Gewissheit

Ausgeliefert

dem toten Gesetzesbuchstaben
dem Konkurrenzdruck
der eigenen Unvollkommenheit

verengt sich unser Denken
erstarrt unser Handeln
verkürzt sich unsere Sicht

Aufgenommen

durch Seine Barmherzigkeit
mit Seinen Armen
in Seine Liebe

werden wir f r e i

„Auch ich verurteile dich nicht ..."
(Joh 8,1)

Selbstgerechtigkeit

Wenn wir unseren Mitmenschen
mit dem Buchstaben des Gesetzes
messerscharf verurteilen,
zwischen „gut" und „böse"
eine schneidende Linie ziehen,
vergessen wir leicht
die Grauzone
in uns selbst.

ER allein
ist der endgültige Richter,
Er ist größer als wir,
Er vereint Gerechtigkeit und Liebe,
Er hilft
allen Menschen
auf ihrem Weg
zu Ihm.

Irrtum

Herr,
wenn ich mich verstrickt habe

in dem Wahn,
alles selbst regeln zu müssen,
in der Idee,
für andere mitdenken zu sollen,
in der Meinung,
selber die Lösung für alles zu finden,

dann bin ich ausgeliefert

meinen schwachen Kräften,
meinem begrenzten Verstand,
meiner traurigen Ohnmacht.

Nur das Vertrauen
Auf DICH, Herr,
beflügelt meinen Schritt.

Kontaktreiche Beziehungslosigkeit
(Ellis Huber)

Bunte Schmetterlinge
von Blüte zu Blüte
schwebend
flüchtig
leicht
hinterlassen keine Spuren

Leere Gespräche
von Mensch zu Mensch
plätschernd
oberflächlich
seicht
spannen keine Fäden

Inhaltsreiche Begegnungen
zwischen dir und mir
bereichernd
ernst
tief
erzeugen Freundschaften

Das Leben besteht aus Begegnungen
(Martin Buber)

Der Kirschbaum

Wenn wir anfangen,
die Blüten zu zählen,
ermüden wir leicht,
werden wir kleinlich,
erlahmt unsere Kraft,
verlässt uns der Mut.

Staunend über
die üppig-blühende Fülle
die strahlende Helle
weitet sich unser Herz
beflügelt sich unser Denken
ahnen wir

die Früchte

Kahlschlag

Wenn wir mit einem Schlag alle aufteilen
in Leistungsstarke und Leistungsschwache
Lebenswerte und Lebensunwerte
Gläubige und Ungläubige
Gute und Böse
wird die Welt leicht
erschlagen

Seine LIEBE
verurteilt nicht
Seine LIEBE
ist behutsam
Seine LIEBE
kennt die Vielfalt

Seine LIEBE

heilt

Hilferufe

Hilfe-Rufe

Herr,
wenn die Wogen des Alltagsgetriebes
über mir zusammenschlagen,
schenke mir
Oasen der Stille.

Herr,
wenn die Sächlichkeit der Dinge
mir den Blick für die Menschen verstellt,
schenke mir
Augen des Mitgefühls.

Herr,
wenn die Begrenztheit meiner Kräfte
mir jeden Mut nimmt,
schenke mir
das Vertrauen

auf Deine Hilfe.

Versuche

Glauben will ich
und stolpere doch
so oft
über das „Warum?"

Hoffen will ich
und verliere doch die Geduld
so oft
im Heute

Lieben will ich
und spüre doch
so oft
meine eigene Unzulänglichkeit

„Herr, schenke am Ende
auch die Vollendung!"
(aus dem Abendgebet der Priester)

Das Spiegelbild

Morgennebel umfängt die Welt
Trübsal liegt in der Luft
Und doch versuche ich
im Spiegel zu lächeln

Die Sorgen türmen sich
die Arbeit scheint endlos
Und doch versuche ich
im Spiegel zu lächeln

Meine Ohnmacht spüre ich
um meine Schwäche weiß ich
Und doch versuche ich
im Spiegel zu lächeln

Der Weg wirkt verworren
das Ziel unerreichbar
Und doch versuche ich
im Spiegel zu lächeln

hoffend auf

das L i c h t d e r V e r h e i ß u n g

jenseits meines Horizonts

„Jetzt schauen wir in einen Spiegel und
sehen nur rätselhafte Umrisse, dann aber
schauen wir von Angesicht zu Angesicht."
(1 Kor 13,12)

Der Lebensfaden

Hoffnungslos verstrickt
verirrt sich manchmal
unser Lebensfaden
– und doch –
ist da Einer,
der das Knäuel entwirrt,
der Anfang und Ende
in Seinen Händen hält

Hoffnunglos verworren
erscheint manchmal
unser Blick in die Zukunft
– und doch –
ist da Einer,
der den Beginn und das Ziel
kennt

Hoffnungsvoll
dürfen wir

vertrauen

auf IHN

„Doch ein Engel … rührte ihn an und sprach:
‚Steh auf und iss.
Sonst ist der Weg zu weit für dich.'"
(1 Kön 19,7)

Genug

Immer wieder
stöhnen wir unter der Last
und wollen liegen bleiben

Immer wieder
seufzen wir unter dem Misserfolg
und wollen aufgeben

Immer wieder
stöhnen wir über Kraftlosigkeit
und wollen verzweifeln

Und doch

Immer wieder
begegnen uns Engel
die uns stärken

Immer wieder
helfen uns Engel
noch einmal aufzustehen

Immer wieder
ermutigen uns Engel
unseren Weg weiterzugehen

bis zum Z i e l

Umklammerung

Ist es Fürsorge,
wenn wir einander
das Denken abnehmen?

Ist es Verantwortung,
wenn wir unseren Mitmenschen
auf unser persönliches Gleis schieben?

Ist es Liebe,
wenn wir unsere Kinder
verwöhnen und festhalten?

ER lässt uns wachsen,
ER gibt uns Raum zur Entfaltung,
ER traut uns zu

unseren je eigenen Weg
in Freiheit und Verantwortung.

Internet-Information

Virtuelle Bilderwelt
zusammengestückelt
bunt gemischte Wortware
bewegtes Geflimmer
hektisches Geflatter
verweilen unmöglich
ausruhen unerwünscht
die Zeit drängt

Auswählen
zusammensetzen
nachdenken
vertiefen
speichern
muss

der Mensch

Enthüllung

Ungeduldige Wissbegier
heftiger Übereifer
zerreißen schnell
die schützenden Blätter
der Knospe

Sie verwelkt
sie vertrocknet
vor der Blüte

Schamlose Neugier
geschäftige Publicity-Sucht
verletzen leicht
den Lebensweg
eines Menschen

Zerknittert
verkümmert
die Seele

Behutsamer Respekt
liebevolle Achtsamkeit
geduldiges Warten
sind gefragt

Am Ende wird

ER

zum Z i e l führen

Sammel-Leidenschaft

Unkontrolliert
planlos
ziellos
in der Fülle ertrinken

Auswählen
bedenken
bewahren
den Reichtum erleben

Und doch

eröffnet

das Aufbrechen-Wollen
das Loslassen-Können
das Weitergehen-Dürfen

neue H o r i z o n t e

Tankstellen

Sensibilität

Die Finsternis
verwischt
konturlos

Der Orkanstoß
zerstört
heftig

Der Lichtstrahl
erhellt
behutsam

Der Windhauch
belebt
sanft

Liebe erkennt
– feinfühlig –

Antrieb

Herr, Dein Geist wirkt

wenn heftige Worte
die Atmosphäre vergiften –
und ich die Beherrschung habe
zu schweigen

wenn klare Worte
das Wesentliche betonen –
und ich den Mut habe
zu reden

wenn meine Gedanken
um mich selber kreisen –
und ich die Kraft finde
dem Nächsten zuzuhören

wenn meine Gedanken
sich im Kreise drehen –
und ich die Energie finde
mein Herz zu öffnen

Durch Deinen Geist
werde ich wesentlich

immer aufs Neue

Wagnis

Wissend
um meine Unwissenheit
kämpfend
mit meiner Ohnmacht
fürchtend
meine Bitterkeit

– und doch –

hoffend auf Zukunft

werfe ich
all meine Unzulänglichkeit
auf Dich, GOTT,
im Vertrauen auf

Deine Größe

Herbergssuche

Bedroht von den heftigen Strudeln der Zeit
fürchten wir den Untergang,
betäubt von den vielfältigen Möglichkeiten
verlieren wir die Orientierung,
bedrückt von den äußeren Zwängen
fühlen wir tödliche Enge.

Bei DIR allein,
Herr,
finden wir
sicheren Schutz,
festen Halt,
bergende Nähe.

DU bist treu

– immer –

Unsere Freiheit wächst.

Widerstand und Ergebung
(Dietrich Bonhoeffer)

Schutz

Warm
gießt sich
das Licht Seiner Gnade
in unsere Herzen

Wir werden gestärkt
gegen die spitzen Pfeile
gegen die Bosheit
gegen das Unrecht

IHM ergeben
erwarten wir

Seine Hilfe

Füllhorn

(nach Mt 13,1–9)

Vertrauensvoll
wirft der Sämann
die Saat aus

Unterschiedslos
bescheint die Sonne
die knospenden Bäume

Kraftvoll
begegnet das WORT
allen Menschen

Manche Menschen
nehmen es an

und l e b e n

Aufbruchserfahrung

Wenn wir loslassen

unsere lieben Gewohnheiten
unsere althergebrachte Gemütlichkeit
unsere enge Bequemlichkeit

Wenn wir Mut finden

um weiterzugehen
um Neues zu sehen
um Unbekanntes zu erleben

Wenn wir aufbrechen
nach innen
wenn wir aufbrechen
nach außen

werden wir
offen
werden wir
weit

Einmal
werden wir alle
aufbrechen und

IHN erfahren
und im Licht
Seiner LIEBE

leben

Ich habe diese Karte gefunden in dem Buch

____

Ich bin auf dieses Buch
aufmerksam gemacht worden durch

- ☐ den Prospekt ______________
- ☐ eine Anzeige in ______________
- ☐ eine Buchbesprechung in ______________ ______________
- ☐ meine Buchhandlung ______________ ______________
- ☐ das Internet: www. ______________
- ☐ ein Geschenk

➤ Als Dankeschön verlosen wir unter allen Einsendern monatlich ein Buchpaket.*

*Der Rechtsweg ist ausgeschlossen.

Bitte frankieren, falls Marke zur Hand

Antwort

Verlag
butzon & bercker
Frau Dr. Jutta Bückendorf
Postfach 13 55

D-47613 Kevelaer

Geleit

Herr,
wenn ich traurig bin,
weinst Du mit mir,
wenn ich fröhlich bin,
lachst Du mit mir,
wenn ich verzweifelt bin,
hältst Du meine Hand,
wenn ich mutig bin,
bestärkst Du meinen Schritt,
wenn ich im Selbstmitleid erstarre,
zeigst Du mir meinen Nächsten
und auf dem Weg zu ihm
finde ich zu DIR.

Kraftquell

Herr, wenn Du als Brot
Nahrung für mich bist,
durchströmt mich Dein Licht
und erhellt alle Dunkelheiten,
erwärmt mich Dein Feuer
und überwindet alle Kälte,
belebt mich Deine Liebe
und ist stärker als alle Bosheit.

Meine Augen sehen klarer
den Armen, der Not leidet,
meine Füße laufen rascher
zu dem Hilfsbedürftigen, der wartet,
meine Hände stützen fester
den Schwachen, der schwankt,
mein Herz schlägt mitleidsvoller
für den Nächsten, der mich braucht.

Staunend
über meine Kraft
danke ich

DIR.

Stütze

Unser Fuß
gerät leicht aus dem Tritt
auf dem Weg zum Gipfel,
unser Fuß
rutscht manchmal
auf dem Geröll des Alltags,
unser Fuß
verfängt sich oft
im Dickicht am Wegrand,
unser Fuß
läuft sich gelegentlich blutig
an Dornen und Disteln.

Seine starken Arme
brauchen wir,
Seine starken Arme
helfen zuverlässig,
Seine starken Arme
geben uns Halt,
Seine starken Arme
tragen uns über
allle schlechten Wegstrecken
bis hin zum Ziel.

„Er lässt deinen Fuß nicht wanken;
Er, der dich behütet,
schläft nicht."
(Ps 121,3)

Netzwerk

Das Netz des Glaubens

von dir
von mir
von uns

trägt

dich
mich
uns

trägt

die unheile Welt
das Leid der Unschuldigen
die Fragen nach dem „Warum“

über unseren Horizont

in die Sonne der Ewigen L i e b e

Erquickung

Herr,

offen bin ich
wie ein Trichter
für unzählige Worte
jeden Tag
jede Stunde
jede Minute

Jedoch Dein WORT
Dringt durch
in mein Herz
wegweisend
ermutigend
liebevoll

Es schenkt
LEBEN in Fülle

Sonnen-Augen

Herr, wenn ich
mit Deinen Augen sehe,
verwandelt sich
der bizarr-schroffe Felsen
in geschichtsträchtiges Urgestein,
die einsam-öde Wüste
in beredte Stille,
die undurchdringlich-spitze Dornenhecke
in den Vorhof der Rosen.

Mit Deinen Augen, Herr,
sehe ich überall

LICHT.

Die Quelle

Aus dem Ur-Grund
zeitlos
sprudelnd
Leben schaffend
in unendlicher Fülle

versiegt nie

ER

„Werft alle eure Sorgen auf Ihn."
(1 Petr 5,7)

Entlastung

Herr, manchmal
ziehen mich meine Sorgen
in die Tiefe wie Bleigewichte,
Herr, manchmal
verstellen mir meine Kümmernisse
den Blick wie eine beschlagene Brille,
Herr, manchmal
hemmen mich meine Ängste
wie eine Zwangsjacke.

Ich bin wie gelähmt,
ich bin bewegungsunfähig.

Wenn ich
meine Sorgen,
meine Kümmernisse,
meine Ängste
vor Dich trage,
in Deine Hände lege,
Dir anvertraue,

werde ich f r e i

und kann handeln.

Beistand

Herr, wenn wir Dich
im Mitmenschen sehen,
finden wir in der Auseinandersetzung
den Weg zur Versöhnung,
sehen wir im Trümmerfeld
das Gerüst zum Wiederaufbau,
hören wir nie auf,
am Frieden weiterzubauen.

Herr,
mit Dir
reicht unser Blick
über den Horizont hinaus,
tragen uns unsere Schritte
über den Abgrund,
glaubt unser Herz
an den Sieg des LICHTES
über alle Finsternis.

Segenssprüche

Für Freunde

Euer Haus sei wie ein Baum,
dessen tiefe Wurzeln
in der Erde fest verankert sind,
dessen Stamm starken Halt gibt
denen, die sich anlehnen müssen,
dessen Blätterdach Schutz bietet
denen, die erschöpft und mutlos sind,
in dessen weit verzweigtem Geäst
viele bunte Vögel sich wohl fühlen
und singend weiterfliegen.

Beim Wohnungswechsel

Deine Wohnung sei eine Oase,
in der du ausruhen kannst,
wenn das Getriebe des Alltags
dich erschöpft hat,
in der du frisches Wasser findest,
wenn du müde und durstig bist,
in der alle, die dich besuchen,
durch fröhlichen Gesang aufgemuntert werden,
damit sie ihren Weg fortsetzen können.

Emmaus-Erfahrung
(nach Lk 24,13–35)

Umhüllt von Finsternis
gefangen in Trostlosigkeit
zerrissen von Zweifeln
eingegraben in Hoffnungslosigkeit
erkennen wir Dich nicht

Doch Du begleitest uns

Auf dem gemeinsamen Weg
im Gespräch miteinander
in der gemeinschaftlichen Suche
im gegenseitigen Mitteilen
erfahren wir Deine Anwesenheit

DU lässt uns nie allein

„Wenn wir untreu sind, so bleibt er doch treu,
denn er kann sich selbst nicht verleugnen."
(2 Tim 2,13)

Heinrich Fries zum 60. Priesterjubiläum 1996

Als Herold komm' ich heute her,
zu künden eine gute Mär,
die frohe Nachricht, die ist dies:
60 Jahre Priester Fries.

Die Hoffnung stets sein Thema ist.
Ihr alle dies schon lange wisst.
Er spricht nicht nur davon sehr oft,
er ist ein Mensch, der selbst stets hofft.

Und wer ihn trifft auf Schritt und Tritt,
der kann nicht anders, der hofft mit.
Ein Christ weiß, er kann immer hoffen,
der Himmel ist für alle offen.

Und Kirche bleibt nicht, wie sie ist,
museal zu jeder Frist,
sie wandelt sich in der Geschichte,
die Wahrheit bleibt in neuem Lichte.

Aggiornamento nennt man das,
der museale Staub wird blass.
Die Frohe Botschaft bringt uns Freude,
das lässt uns glauben, auch noch heute.

Dankt nun dem Himmel alle dies:
dass Er uns schenkt' Professor Fries:
Ein Mensch wie er verbreitet Licht,
und heller wird der Welt Gesicht.

Professor Dr. Heinrich Fries (1911–1998), Professor für Fundamentaltheologie in Tübingen und München, Leiter des Ökumene-Kreises München

Wegmarkierungen

Brückenvariationen

(nach einem Bild von Kalle Hommelsheim)

Streng – schmal – schwarz
spannt sich der Brückenbogen
über die Helligkeit

Abgrenzung

Gestützt von offenen Streben
überbrückt die helle Straße
die schwarzen Schatten

Einheit in Vielfalt

Zuverlässig verbindend
wölbt sich der helle Weg
über das eingeschlossene Schwarz

Überwindung der Finsternis durch das Licht

„… Deinen Spuren folgt Überfluss."
(Ps 5,12)

Spurensuche

Herr,
wo Du bist,
ahnen wir die Größe
jenseits unseres Horizonts

Glauben keimt

Herr,
wo Du bist,
sehen wir das Licht
trotz aller Dunkelheiten

Hoffnung wächst

Herr,
wo Du bist
fühlen wir uns geborgen
inmitten einer unbehausten Welt

Liebe breitet sich aus

„Und was hast du, das du nicht
empfangen hättest?“
(1 Kor 4,7)

Annahme

Leer, Herr,
stehe ich vor Dir.

Fülle Du
meinen Mund, damit er
Worte der Freude ausspricht,
meine Hände, damit sie
Taten der Hilfe vollbringen,
meinen Geist, damit er
Gedanken des Friedens bewegt,
mein Herz, damit es
von Deiner Liebe überfließt.

Bereit, Herr,
stehe ich vor Dir,
zum Empfang

Deiner Gaben.

Steigerung

Stein
Haus
Heim

rastlos schaffen
ruhelos arbeiten
sinnvoll leben

die Erde sorgfältig bebauen
den Menschen achtsam behüten
Ihm dankbar vertrauen in Liebe

Die Augen gerichtet
auf das Wesentliche
gewinnen wir Kraft
für das Hier und Heute

Vertrauensvorschuss

Auch der Sonnenstrahl
fragt nicht nach
dem Aussehen der Blüte
wenn er die Knospen
bescheint

Die Sonne
wärmt und erhellt
unterschiedslos
Maß-los
alle Blumen

bis diese
sich öffnen
ihre Schönheit entfalten
und ihren Duft verströmen

Wegbereitung

Verworrenem Gestrüpp
gleicht manchmal unser Leben

verloren – der Weg
mutlos – der Mensch
verschwunden – das Ziel

Glaubwürdige Zeugen der Liebe
wagen sich in das Dickicht
ertragen Verletzungen
bahnen Öffnungen

für das LICHT

Signale

Manchmal, Herr,
gräbst Du
Deine Spuren
in unsere Herzen
wie ein Sturm
seine Schneise
in den Wald
– unübersehbar –
– unauslöschlich –

Meist jedoch, Herr,
wird Deine Stimme
hörbar für unsere Ohren
in der lautlosen Stille,
in unserem Schweigen
vernehmen wir
Deinen Ruf
– behutsam –
– hartnäckig –

„Rede, Herr, denn Dein Diener hört!“
(1 Sam 3,10)

Erfahrung

Losgelöst vom Ich
öffnen sich die Ohren
weitet sich das Herz
vertieft sich das Denken

Die Sinne werden
empfänglich für das Du
in dem sich offenbart
das große DU

ER

Der unser Ich stärkt
Der uns von aller Angst befreit
Der uns löst aus aller starren Enge
in Wahrheit und Liebe

„Gott erfüllt nicht alle unsere Wünsche,
aber alle seine Verheißungen."
(Dietrich Bonhoeffer)

Wegweiser

Herr,
in Deiner Nachfolge
entdecken wir das Licht
in der Finsternis

Herr,
in Deiner Nachfolge
verschenken wir Güte
trotz vieler Nadelstiche

Herr,
in Deiner Nachfolge
überstrahlt unser Lächeln
den bösen Grimm

Herr
In Deiner Nachfolge
siegt die A u f e r s t e h u n g
über das Kreuz

Wahrnehmung

Schwarz-unheimlich-gespenstisch
legt sich der Umriss des Baumes
aus meinem Blickwinkel
über den abendstillen See
– und doch –
leuchtet am Horizont
das Abendrot
lichte Weite
verheißend

Dunkel-gefährlich-drohend
erscheinen manche Schatten
aus meiner Sicht
im Leben
– und doch –
strahlt jenseits
das LICHT
unbegrenzt

Krankengebet

(nach Lk 10,38–42)

Martha war ich lange

selbst sorgend
selbst hegend
selbst schaffend

Maria bin ich nun

still sitzend
nach innen lauschend
angewiesen auf

Deine Stimme, o Herr!

Das Mühlrad

Vom Wasser
getrieben
dreht sich
das Mühlrad
unaufhörlich

Das Mehl
sättigt viele

Von Seinen Worten
bewegt
keimt in uns
die H o f f n u n g
beständig

Das Licht der Verheißung
erhellt unser Leben

schon jetzt

Einsicht

Herr,

nur leere Hände
kannst Du füllen
mit Deinen Gaben,

nur ein weites Herz
kannst Du ausfüllen
mit Deiner Liebe,

nur einen demütigen Sinn
kannst Du erfüllen
mit Deinem Geist.

Achtsamkeit

Wenn du mir gegenüberstehst,
bemerke ich dich,
wenn du zu mir sprichst,
höre ich dir zu,
wenn du meine Hilfe brauchst,
bin ich da.

Wenn Er zu mir spricht,
öffne ich meine Ohren,
wenn Er mich berührt,
gehört Ihm mein Denken.

In der Stille,
in der Weite,
in der Ehrfurcht
vor dem Leben

finden wir IHN.

Schwimm-Prüfungen

Von allen Seiten umgibt ER uns

Wie Wasser den Schwimmer trägt
wenn er den festen Boden verlässt
wenn er sich ins Tiefe wagt
wenn er sich abmüht

so trägt Er uns

wenn wir aufbrechen
wenn wir uns einsetzen
wenn wir vertrauen

ER umgibt uns von allen Seiten

„Nehmt den Helm des Heils und
das Schwert des Geistes,
das ist das Wort Gottes."
(Eph 6,17)

Dachau

An der Gedenkstätte
des unfassbaren Grauens
an dem Ort
des unsagbaren Leids
auf dem Boden
des Konzentrationslagers

Das Kloster
Karmel Heilig Blut

Freundliche Stätte
des gesammelten Gebets
offener Ort
der Gastfreundschaft
helles Haus
der Zuversicht

Durch den Tod hindurch
führt ER uns
zum Leben

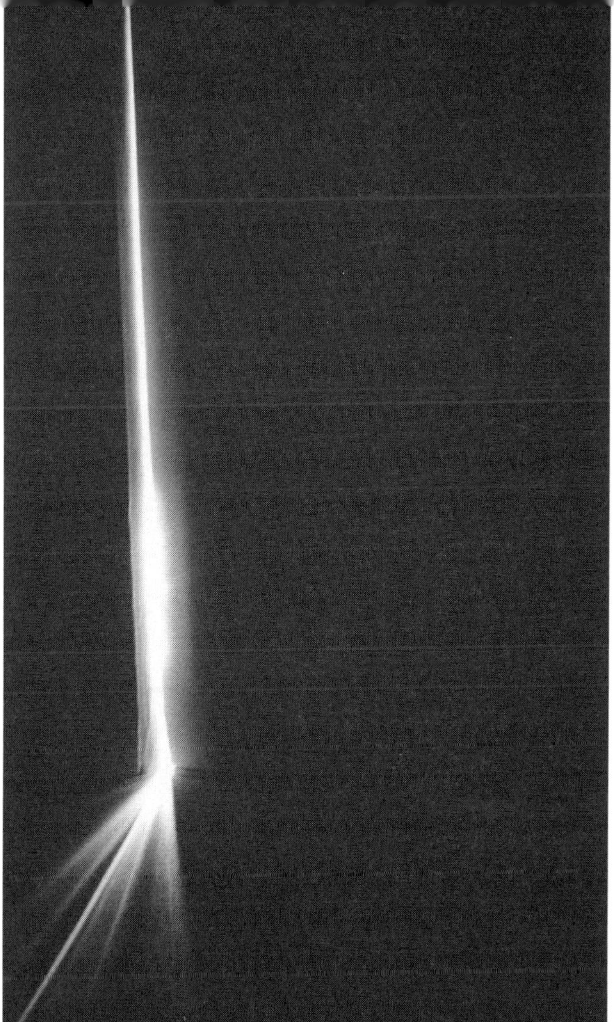

Holocaust

Gedenken
Erinnern
Schweigen

Nicht zerreden
Nicht analysieren
Nicht vergessen

Nie-wieder-Dünkel
Nie-wieder-Hass
Nie-wieder-Gewalt

Ehrfurcht ist gefragt
Achtsamkeit ist Not-wendig
Klugheit ist hilfreich

Demut vor IHM
Weist den Weg

In LIEBE

Aussichtspunkte

Schwingungen

Ergriffen
von der Schönheit der Natur
schweigen wir

Berührt
von dem Wunder des Lebens
staunen wir

Beseligt
von dem Glück der Liebe
verströmen wir uns

und finden im Du
den Weg zu

IHM

Hoffnung

Auf der dunklen Waldwiese
tanzen vereinzelt
lebendige Sonnenflecken

Scheinbar undurchdringlich
versperrt der dichte Nadelwald
den Weg für das Licht

Und doch

dringt das LICHT
durch die kleinste Öffnung
und erhellt die Finsternis

Weite

Flammend ausgegossen
über alle bizarren Dunkelheiten
das Morgenrot

Kraftvolle Zärtlichkeit
verheißungsvolle Macht
liebevolle Wärme

Unser Blick hebt sich

Herbst-Stimmung

Verhangen
erscheint die Natur
verborgen ihre Schönheit
verwischt Berg und Tal
verschleiert der Ausblick

Ausweglos
scheint manche Situation
konturlos das trübe Grau
eingeebnet die Mannigfaltigkeit
versperrt die Zukunft

Und doch

dringt die Sonne
durch den kleinsten Wolkenspalt
und macht die Finsternis

h e l l

Hoffnungsbild

Durch das winter-kahle Geäst sichtbar
die drohend-schwarzen Regenwolken

– und doch –

zwischen Himmel und Erde
ein Streifen Abendrot
der in das L i c h t mündet

jenseits des Horizonts

Am Strand

Unter klarblauem Himmel
verwandelt
die strahlende Sonne
die unscheinbaren Sandkörner
in funkelnde Diamanten

In liebevoller Atmosphäre
erweckt
ein anerkennendes Wort
im mutlosen Versager
ungeahnte Talente

Blick aus dem Fenster

Vom klar umrissenen Haus
gleitet der Blick
über den grünen Hügel
auf die weite See
deren Horizont
im dunstigen Nebel
verschwimmt

– und doch –

weißt du
um das Z i e l
auf der
anderen Seite

Nur wenn du
aufbrichst
nur wenn du
loslässt
wirst du es erreichen

Grund-Sicht

Die strahlende Helligkeit
jenseits
der dunklen Gewitterwolken
über den schwarzen Baumwipfeln

Die blitzende Lichtkontur
ringsum
die drohenden Himmelsungetüme
über unseren Köpfen

lassen erahnen

die unermessliche Weite
die durchdringende Kraft
des unendlichen L i c h t s

jenseits

unseres Sichtvermögens

Glaubwürdigkeit

Wenn das Wort
zum Mitmenschen
seinen Weg nimmt

vom eigenen Denken
aus mitfühlendem Herzen
zur Not-lindernden Hilfe

bleibt das Wissen
um die eigene Unzulänglichkeit
gewinnt die Achtung
vor dem Nächsten

verstärkt sich

die Hoffnung

auf IHN

Blick ins Universum

*(nach dem Glasfenster von Agnes Schröder
im ökumenischen Kirchenzentrum Neue Mitte,
Oberhausen)*

Schwebend
über den Wolken
eingetaucht
in das Himmelblau

lassen wir

alle Sorgen um das Heute
alle Ängste vor dem Morgen
alle Fragen nach dem Warum

hinter uns

staunen

und ahnen

die größere Hand

Strahlkraft

So wie der Sturm
die nachtschwarzen Wolken
über das sanfte Licht
des Mondes
schiebt,
verdecken
Hass und Gewalt
die strahlende Helligkeit
Seiner Gegenwart.

– und doch –

Durch den feinsten
Riss in der Wolkendecke
erhellt
das warme Mondlicht
den Nachthimmel,
schon durch die kleinsten
Taten der L i e b e
spüren wir
S e i n e n G e i s t

Tiefen-Ahnung

Umfangen vom
unendlichen
tiefgründigen
leuchtenden
Himmelsblau

strahlen die
herbstlichen
goldgelben
lichtdurchfluteten
Blätter in ihrer Fülle

Unendlichkeit wird spürbar

jenseits

unseres Horizonts

Anstoß

So wie die flammende Abendröte
sich im tiefschwarzen See spiegelt
und die dunkle Wasseroberfläche
in ein warmes Licht hüllt
dringt manchmal
Gottes Liebe
in unser Leben

Die Härten unseres Lebens
zwingen uns nicht mehr
in die Knie

Wir gehen zuversichtlich
unseren Weg

weiter

30 Jahre AöK
(Arbeitsgemeinschaft ökumenischer Kreis
in Deutschland)

Berlin 1999

Geteilte Stadt
getrennte Menschen
zerrissene Herzen

geduldige Ausdauer
sanfte Hartnäckigkeit
beharrliches Gebet

Das Wunder geschah:

– die Mauer fiel –

Freiheit

Welch ein Ort für

Ökumene

Hinweis

Der schwarze Baumstamm
die kahlen Äste
die bizarren Zweige
durchkreuzen
den erwartungsvollen Blick
in den zart-blauen Himmel
in die unendliche Tiefe

– und doch –

Verheißungsvoll
bahnt ein Streifen Morgenrot
am Fuß des Bildes
wie auch am Horizont
den Weg für das
alles durchdringende
Licht

Behutsame
kraftvolle
ausdauernde
Liebe
führt uns

zur V o l l e n d u n g

The Last Rose of Summer

Die letzte Rose des Sommers

behauptet sich

in der trüben November-Stimmung
zwischen den laubarmen Bäumen
inmitten der kahlen Sträucher und

erinnert uns

an die Wiederkehr des Frühlings
an den Triumph des Sommers
an die Ernte des Lebens in

ewiger F ü l l e

Die Rose von Jericho

(Pflanze des östlichen Mittelmeer-Raumes)

Eingeschrumpft
schmutzig-grau
eine unansehnliche Wurzel
hin- und hergeblasen
vom heißen Wüstenwind
bis sie auf eine Wasserstelle trifft

Begierig saugen
die ausgetrockneten Zellen
das Wasser ein
und entfalten sich
hoffnungsgrün
ausladend wie Rosenblätter

und künden L e b e n

Mancher Mensch
gleicht der Rose von Jericho
liebende Ermutigung bringt ihn
zum Blühen

Ziel

Sehenlernen

Nie wirst du
die Verheißung im Abendrot
erspüren,
wenn du die alten Gewohnheiten
nicht verlässt,
die lieb gewordene Behausung
nicht aufbrichst,
dich in deinem eigenen Ich
zementierst.

Loslassen musst du
dich öffnen
empfindsam werden
Ausschau halten nach der

V e r h e i ß u n g .

Titanic

Im Untergang
sangen sie:
„Näher mein Gott zu Dir …“

Im Untergang
holten sie sich Kraft –
von IHM

Im Untergang
spürten sie die Verheißung
des NEUEN LEBENS

Lebenswellen

Wachsen und Reifen
Bewegung und Ruhe
Betriebsamkeit und Stille
Handeln und Innehalten
Martha und Maria

Am Ende
die eigene Geschäftigkeit
loslassen
um bereit zu sein
für die zeitlose Vollendung

in Seiner lichtvollen LIEBE

Der Lebensfluss

Manchmal ein ausgetrocknetes Wadi
manchmal ein dünnes Rinnsal
manchmal überquellend

Sperrmauern hemmen den Lauf
Hindernisse bedingen Umwege
Nebenflüsse füllen das Bett

Der Fluss wird weiter
der Fluss wird tiefer
der Fluss findet

sein Z i e l

Nachfolge

Herr, Deine Fußspuren
weisen uns die Richtung,

auch wenn unsere Füße
soviel kleiner sind,

auch wenn unsere Füße
manchmal stolpern,

auch wenn unsere Füße
sich oft wundlaufen,

Herr, Deine Fußspuren
führen sicher zum Ziel.

Denkpause

Der Weg wird sichtbar
den du gegangen bist

Schottersteine
Geröll
Glasscherben

geschützte Alleen
lichtdurchströmte Weiten
traumhafte Idylle

Immer wieder
eine Hand

die dich lenkt
die dich trägt
die dir die Richtung weist

zum Z i e l

Grenzgänge

Aufgewacht aus dem tiefen Dunkel
begreifst du das strahlende Licht,
entronnen der nackten Leere
entdeckst du die kleinen Kostbarkeiten,
ausgesetzt der toten Stille
wirst du hellhörig für lebendige Töne.

Deine Sinne erspüren mehr

Dein Blick reicht hinaus

über den Horizont

Österliche Vollendung

Mitten im grauschwarzen Himmel
leuchtet das Morgenrot
durch einige helle Wolken

verheißungsvoll

Mitten in der Finsternis des Todes
umfängt Er uns behutsam
durch Sein zärtliches LICHT

liebevoll

Oster-Wunder

heute noch – ein Nichts unter dunkler Erde
heute noch – wesenloser Staub
heute noch – leblose Materie

und doch

morgen schon – vollkommenes Du
morgen schon – lebendiges Du
morgen schon – geliebtes Du

ohne Grenzen

Todesnähe

Am Fuße der Brücke
von hier nach dort
werden wir hellsichtig,
sehen wir in der Not,
wie der Weg weitergeht,
erleben wir in der Freude
den Beginn des neuen Lebens,
ahnen wir in der Musik
das unaussprechliche Geheimnis,
begegnet uns in der Poesie
der Ausdruck der Hoffnung,
spüren wir in der Malerei
die unvorstellbare Zukunft:

Im Tod ist das Leben

Das Kreuz in der Josefskapelle

(Josefsheim – Bad Wörishofen)

Am dunklen Balken
des Kreuzes
hängt ER,
der herabstieg
in das Leid des Menschen.

Jeder Schmerz
zieht Ihn tiefer,
jede Qual
vergrößert Sein Leiden,
jeder Hass
verstärkt Seine Verlassenheit.

Und doch –

Hinter dem Kreuz
durch einen Mauerspalt
wird sichtbar
das goldene Licht
jenseits des Todes
das Licht

der A u f e r s t e h u n g

Die Josefsheim-Kapelle

Das große Kreuz über dem Altar
wirft seinen Schatten
auf den Bug des Kirchenschiffes

Die ausgebreiteten Arme Christi
sind unser Halteseil
im weiß-grau-gefleckten Alltag

Hinter dem harten Schwarz des Kreuzes
durch unser persönliches Leid hindurch
ahnen wir bereits

Licht
Vollendung
Auferstehung

„Ein Segen sollst du sein."
(Gen 12,2)

Herzenswunsch

Wie die Sterne
so zahlreich
wie das All
so weit
wie die Sonne
so wärmend
wie der Mond
so beständig
wie ein Vater
so zuverlässig
wie eine Mutter
so liebevoll

Wenn du loslässt
und aufbrichst
im Vertrauen
auf IHN

führt ER dich

zum Leben in Fülle

Christkönig

Wie die Sonnenstrahlen
so erwärmt Sein Glanz
unsere erkalteten Herzen

Wie die Sonnenstrahlen
so erleuchtet Sein Licht
unser zweifelndes Denken

Wie die Sonnenstrahlen
so belebt Seine Kraft
unser verängstigtes Bemühen

Der Sieger
über alle Tiefen
über alle Ängste
über alles Unverständnis

ist ER

Formfehler

Der Weltenherrscher – als Kind
Die göttliche Hoheit – in der Krippe
Der König der Juden – am Kreuz

Und doch

ER bewegt die Welt
ER überdauert die Geschichte
ER zeigt uns die Zukunft

In ewiger LIEBE

Weihnachten vor der Jahrtausendwende

Ein Kind kam in die Welt

das die Menschen bewegte
das die Herzen veränderte
dessen Macht die Liebe war
dessen Ziel das Leben war
dessen Vollendung die Auferstehung

Folgen wir seinen Spuren

heben wir unseren Blick
entdecken wir unseren Nächsten
vertrauen wir ohne Angst
halten wir Ausschau
spüren wir jenseits unseres Horizonts

die Verheißung

Geschenk

Herr,
wenn Dein Licht
in unserem Innern strahlt,

gewinnt unser Herz
menschliche Wärme,
findet unser Verstand
den richtigen Weg,
gehen unsere Schritte
zum Nächsten
in Liebe.

Spürbar wird
Dein Kommen.

Weihnachtswunder

Wenn Sein L i c h t
zur Erde fällt
und sichtbar wird

in einem weiten Herzen
in einem offenen Geist
in einer helfenden Hand

im strahlenden Lächeln eines Kindes
in der zärtlichen Umarmung zweier Liebender
in der barmherzigen Güte eines Menschen

dann spüren wir

GOTT ist Mensch geworden

Inhalt

Wegmarkierungen

Aussichtspunkte

Ziel

Alphabetisches Verzeichnis

Professor Dr. Fritz Köster SAC, geboren 1934, langjährige Missionstätigkeit in Afrika; Lehrbeauftragter für Missions- und Religionswissenschaft an verschiedenen Fakultäten, Professor für Pastoraltheologie in Vallendar. In viel beachteten Sachbüchern nahm er zu notwendigen Änderungen in Kirche und Christentum Stellung.

Von Anette Feigs sind ebenfalls erschienen:

Wege der Hoffnung
Gedichte – Meditationen – Gebete
Mit einem Geleitwort von Heinrich Fries
2. Auflage 1994. 128 Seiten. Paperback

Hoffen wider alle Hoffnung
Gedichte Meditationen Gebete
Mit einem Vorwort von Peter Neuner
1997. 120 Seiten. Paperback

Beide Bände erhältlich bei: Dr. Anette Feigs,
Mozartstraße 5, 47800 Krefeld

Hoffnungslichter
Gedichte Meditationen Gebete
Mit einem Geleitwort von Bernhard Häring
1996. 112 Seiten. Paperback
ISBN 3-7666-9999-7

Spuren des Lichts
Gedichte Meditationen Gebete
Mit einem Geleitwort von Prof. Dr. Otto Hermann Pesch
1998. 128 Seiten. Paperback
ISBN 3-7666-0173-3

Erhältlich in jeder Buchhandlung

VERLAG BUTZON & BERCKER D-47623 KEVELAER